LETTRES

DE

LAFILLON

A COLOGNE

Chez Pierre Marteau

MDCCLI.

AVERTISSEMENT.

GRace à la curiosité qui ne fut jamais si active, & à un certain esprit de communication répandu généralement parmi nous, il n'est plus aujourd'hui de Lettres closes. On tire de la poussiére des Cabinets, Lettres, Mémoires, Anecdotes, & autres monumens, dont on ne pouvoit jamais espérer de jouir, sans l'utile émulation qui nous enrichit de tant de nouveautés qu'on n'attendoit pas. Les Lettres que je donne au Public, & que j'ai déterrées à Paris, prouvent bien le bonheur singulier qui récompense nos recherches ; car je n'ose pas en faire honneur à la sagacité des miennes. Le nom de l'illustre Présidente, c'est ainsi qu'on appelloit la Fillon, m'a paru très-propre à piquer le goût de plus d'un genre de Lecteurs ; & j'ai cru que des Lettres, aussi autentiques, quoiqu'à la vérité moins sçavantes que celles de Ninon Lenclos, méritoient de leur servir de pendant.

Je ne préviendrai point le

Lecteur sur le caractere de ces *Lettres*, il suffit de connoître un peu celui de l'Auteur, pour sçavoir à peu près à quoi s'en tenir. *Qu'on* ne s'attende point pourtant à trouver ici la volupté nue : l'usage du Monde même immodéré, forme au moins l'imagination ; en gâtant le cœur. Comme je ne puis dissimuler qu'il n'entre un peu de reconnoissance dans le tendre intérêt que je prends à la mémoire de mon Auteur, je voudrois bien ne pas la borner à être l'Editeur de ses Lettres, & pouvoir encore être son Historien. Mais c'est avec un sentiment d'humilité bien sincere, & un vif regret, que j'envie aux Ecrivains de la vie de Ninon Lenclos, des talens qui ne m'ont point été donnés.

Au reste, tout ce que je pourrois dire d'une femme à qui tant d'honnêtes gens ont les mêmes obligations que moi, ne vaudroit pas ces quatre Vers qu'on a mis au bas de son Portrait:

Toujours compatissante aux foiblesses humaines,
Mon art sçut aplanir la route des plaisirs:
L'Amour ne forma plus d'inutiles desirs,
Je réformai ses loix, je supprimai ses peines.

LETTRE PREMIERE.

Au Marquis de ✳✳✳.

VOUS êtes tout à la fois le plus aimable & le plus perfide des hommes ; ma complaisance pour vous m'attire chaque jour des reproches , & j'ai sacrifié à votre légéreté la plus aimable des filles. Julie , l'infortunée Julie, paye bien cher le plaisir de vous avoir connu.

A

Vous deviez, & j'en avois pour garants vos sermens, vous deviez, dis-je, l'aimer toujours. Je vous crus, & moi-même je formai des nœuds que rien ne devoit rompre. Julie entroit à peine dans son troisiéme luftre, lorfqu'elle s'offrit à votre vûe ; fa beauté vous furprit ; bientôt un feu voluptueux s'empara de vos fens : vous apprîtes qu'à beaucoup d'appas, elle joignoit un caractere doux & tendre, vous l'en aimâtes davantage ; elle n'étoit pas riche, cette découverte fût d'un bon augure pour vous, & la fortune dont vous jouissiez, vous donna l'espoir de triompher. Il vous falloit une confidente ; vous jettâtes sur moi les yeux ; j'entrai dans vos vûes ; vous vouliez, disiez-vous, tirer de la misére une personne aimable, dont la jeunesse vous faisoit craindre un égarement d'autant plus certain que sa mere, née avec des sentimens bas & intéressés, étoit sur le point de la sacrifier au plus vil in-

térêt. Ce motif me parut
généreux ; je vis Julie ; je
lui fis part de vos fentimens,
& vins à bout de la perfua-
der. Vous vous trouvâtes
enfemble, votre figure ache-
va ce que vos promeffes
avoient commencé. Enfin,
je vous unis ; & la mere,
moyennant une fomme,
vous céda tous fes droits.
Je fus enchanté de l'accord
qui regnoit entre vous.
Vous ne pouviez vivre un
inftant fans votre Julie, qui
de fon côté ne pouvoit fup-
porter votre abfence : alors

vous jouissiez tous deux
d'un sort charmant , & tour
à tour me remerciez d'avoir
contribué à votre bonheur.
Que les choses ont chan-
gé ; vous continuez vos
soins pour elle , elle trouve
une aisance heureuse,& votre libéralité ne lui laisse-
roit rien à desirer , si elle
vous aimoit moins. Sa san-
té s'altere chaque jour , votre indifférence a répandu
sur son visage une pâleur ,
qui a fait éclipser les roses
& les lys que vous y admi-
riez autrefois. Ah ! Mar-

quis, que vous êtes cou-
pable. Comment agiriez-
vous vis-à-vis d'une co-
quette, puisque vous sa-
crifiez ainsi une jeune personne qui n'a jamais été
sensible que pour vous? L'é-
tat de Julie est affreux, il
m'est d'autant plus sensible
que j'y aye part. Ouvrez
les yeux sur votre injustice,
rendez - lui votre cœur,
elle le mérite. Adieu, venez me voir.

LETTRE II.

Au Comte de ✳✳✳.

VOtre Lettre, Comte, m'a surpris. Quoi ! marié depuis deux mois à la plus aimable femme de la Cour, vous soupirez pour une autre ; vous faites plus, vous osez l'avouer. Sçavez-vous que, quoique bonne & compatissante, il est cependant des foiblesses que je n'excuse pas. La vôtre est de ce nombre. Le prétexte de votre changement est plaisant, mais ne persuade pas. Votre tendre & chaste épouse, dites-vous, trop occupée de vos plaisirs, ne se donne pas la peine de songer aux siens. Est-ce-là une offense qui puisse vous engager à lui manquer ? La Comtesse n'a pas 14 ans, elle ignore ce que c'est que le plaisir : croyez-moi, profitez de ceux que sa complaisance vous accorde, insensiblement les vôtres feront naître les siens, alors elle les partagera avec vous.

Si abſolument, pour gagner ce tems, qui ſûrement n'eſt pas loin, vous voulez vous amuſer, je vous ménagerai quelqu'inſtans auprès de l'objet qui vous a charmé; mais ſouvenez - vous - en bien, ce n'eſt qu'à condition que conſervant votre cœur à cette aimable épouſe, vous n'offrirez à Sophie qu'un amour paſſager; que le devoir ſupprimera quand il en ſera tems. Trouvez-vous demain à l'Opéra, Sophie y ſera avec moi, je la préviendrai, & nous ſouperons enſemble.

LETTRE III.

*Au Chevalier de * * *.*

Otre délicatesse est hors de place, & pour un cadet de famille qui n'a que la cape & l'épée, votre scrupule va trop loin. L'hyver est sur sa fin. La petite Rosette est aimable, je l'avoue, & vous jouissez paisiblement de tous ses charmes ; mais insensiblement le printems vous surprendra dans ses bras : il faudra partir, je connois vos facultés, votre bourse altérée vous conduira à peine au Régiment, où vous ferez triste figure ; & cela pourquoi, pour vous être amusé, (si j'ose me servir de l'expression) à la moutarde. Eh morbleu ! aimez Rosette, j'y consens ; mais feignez d'aimer la veuve, ayez pour elle quelques complaisances, on les payera au poids de l'or. Votre amour pour la petite l'exige. En partant, si vos scrupules durent, vous la

laisserez dans l'embarras : si
au contraire vous vous prê-
tez, non - seulement vous
ferez une Campagne gra-
cieuse, mais vous donnerez
à votre maîtresse de quoi
l'empêcher d'avoir recours
à un autre pendant votre
absence. Craignez de vous
mettre trop tard à la raison.
La Veuve commence à s'im-
patienter ; le premier Plu-
met qui lui plaira, vous
damera le pion , & vous
regretterez trop tard l'or de
cette vieille amoureuse : ne
craignez point le ressenti-

ment de Rosette, je l'ai pré-
venue. Plus raisonnable que
vous, elle a senti la solidité
de mes conseils, elle doit
même vous en toucher
quelque chose. Croyez-
moi, mon Chevalier, ac-
cordez vos faveurs, à qui
s'offre de les payer si bien.
Trouvez-vous ce soir chez
moi, elle y sera, je ménagerai les instans, & vous
sauverez toute la honte de
votre défaite.

LETTRE IV.

*A Monsieur de ***.*

ENfin, mon cher, j'ai persuadé la Marquise entêtée de sa noblesse. Il lui paroissoit dur d'écouter un Bourgeois ; les dix mille livres ont levé tout scrupule, ou peu s'en faut ; vous serez bientôt heureux, si c'est l'être que d'obtenir des faveurs à si haut prix. Je vous suis attaché, & c'est ce qui occasionne la réfle-

xion que je vous invite à
faire. La Marquise est aimable, mais c'est une fleur
à moitié fanée, deux en-
fans ont bien diminué ses
charmes. Quel rage avez-
vous de donner dix mille
francs pour les restes d'un
autre ? vous pouviez les em-
ployer bien mieux. Je connois une jeune innocente,
à qui cette somme feroit la
fortune; vous jouiriez, mon
cher, de la nouveauté ; elle
n'en céde point à la Mar-
quise pour la beauté; elle a
de plus la jeunesse. Croyez-

moi, reposez-vous sur ma prudence du soin de vos plaisirs. La Marquise est une Coquette, que la fureur du jeu expose à se livrer à quiconque voudra réparer ses pertes. Vos dix mille francs seront peut-être perdus aussi-tôt que gagnés. Impérieuse, comme elle est, ou vous financerez de nouveau, ou sa porte vous sera fermée le lendemain. Ma foi, j'en reviens à ma premiere réflexion ; c'est trop payer une complaisance : il pourroit d'ailleurs vous ar-

river

river avec elle l'humiliante réponſe qu'eſſuya, il y a quelque tems, un Robin, qui avoit prêté de l'argent à une femme de condition : voici le fait.

Dans un cercle de jeux, une Ducheſſe, après avoir perdu ſon argent, maudiſ-ſoit le ſort. Un jeune Ma-giſtrat, qui ſe trouvoit au-près d'elle, lui offrit ſa bourſe ; elle accepta vingt-cinq louis, & les perdit : vingt-cinq autres ne tar-derent point à les ſuivre. Furieuſe, elle ſortit pour ſe rendre chez elle, son équipage n'étoit point arrivé: le Robin s'offrit de la conduire, elle y consentit. Arrivé à l'Hôtel, il lui donne la main jusqu'à l'appartement. Ah, Monsieur, dit-elle au Magistrat, en se jettant sur un sopha, il est des jours bien malheureux! j'ai perdu aujourd'hui, outre les cinquante louis que je vous dois, cent autres que j'avois sur moi; c'est une imprudence que je ne me pardonnerai jamais. Je suis au désespoir; car je ne sçai pas trop quand je pourrai m'acquitter avec vous. Le jeune Robin lui dit qu'elle avoit tort de s'inquiéter, qu'il en avoit encore cent à son service : la Duchesse le prit au mot, & offrit de lui faire son billet du tout ; il le refusa. Elle étoit belle ; il avança galamment quelques propos qui firent comprendre à la Dame qu'un moment de complaisance l'acquitteroit ; elle se rendit. Le Magistrat se retira enchanté de sa bonne fortune. Quelques jours après il se fit annoncer chez cette Belle. Un domestique en vain le nomma ; la Duchesse ne le connoissoit pas : on le fit entrer ; il crut qu'en le voyant, on le remettroit ; il se trompa. Enfin , pressé de dire qui il étoit , il s'avança près de cette Dame ; & lui dit tout bas , que c'étoit lui qui avoit eu l'honneur de la reconduire le jour où la fortune lui avoit été si contraire.

Eh ! que ne disiez-vous cela d'abord , lui dit-elle ; nous autres femmes de condition , nous prenons cela comme une prife de tabac. Qui fut étourdi , ce fut le Magiftrat : il fit fa vifite courte , & je fuis perfuadé qu'il eft dégoûté pour toujours des femmes de condition ; c'eft cependant un Confeiller. Si l'on a fait ce tour à un homme en place; vous , mon cher petit Marchand , on pourroit bien vous jetter par les fenêtres. Croyez-moi , encore un coup, donnez dans la Grifette. Adieu , faites-moi fçavoir votre dernier mot.

LETTRE V.

*A l'Abbé de ****.*

SÇavez-vous, mon cher Abbé, que vous êtes insatiable dans vos plaisirs, & que je vous regarde comme un homme unique : Quoi, la semaine derniere, vous soupez chez moi, avec six jolies personnes, vous les amusez toutes, & vous exigez de ma complaisance que je double aujourd'hui. Ma foi, je ne me prête à votre fantaisie que pour jouir de votre humiliation ; vous avez des talens, on le sçait ; mais qui peut beaucoup, ne doit point tenter l'impossible. N'importe, vous le voulez, j'y consens ; la partie a même quelque chose qui m'amuse davance. A neuf heures ce soir on se mettra à table, les convives sont déja chez moi, ils s'amusent à vos dépens. N'allez pas vous imaginer faire illusion à leurs sens. En garde contre toute surprise, on ne vous fera grace de rien : il me tarde que la nuit vienne ; ce jour est pour vous décisif. Ou vous êtes un présomptueux qui méritez d'être puni, ou un Héros qu'il faut cou-ronner.

LETTRE VI.

*A Mademoiselle de ***.*

L'AMOUR est, dites-vous, un écueil que vous voulez fuir, ou si ab-solument il vous force à donner votre cœur, ce n'est qu'à qu'à celui qui acceptera votre main. Ce langage est du vieux tems, & vous êtes cependant du nouveau. L'hymen ne vous est pas connu ; ce Dieu ne s'offre aux yeux d'une belle que sous un dehors trompeur, qui séduit pendant quelque tems. Mais bientôt le masque tombe ; alors on regrette sa liberté. L'Amant tendre & soumis n'est plus qu'un maître, un tyran : vous êtes charmante ; mais nous sommes dans un siécle où rarement un homme

opulent épouse une fille
sans naissance & sans fortune : vous n'avez ni l'un
ni l'autre ; que pouvez-
vous espérer ? un parti fort
médiocre. Vous serez , j'en
conviens, honnête femme ;
mais mal à votre aise. D'ailleurs, soumise aux caprices
d'un mari ; vous n'agirez
que selon sa volonté , vous
ne verez que par ses yeux :
enfin, une troupe d'enfans
viendra , vous serez la premiere domestique de votre
maison. L'Amour, ce Dieu
que vous méprisez mal-à-

propos, vous offre un fort bien différent, soyez sensible, votre bonheur est certain. M. de * *, le plus riche particulier de Paris, vous offre six mille livres de rente bien assurés : croyez-vous que ce n'est pas acheter suffisamment votre complaisance : si cette fortune toute brillante qu'elle est, vous étoit offerte par un sexagénaire, votre répugnance me paroîtroit excusable ; mais votre Amant n'a pas trente ans : il joint à une figure aimable un ca-

ractere doux & complai-
fant ; vous ne pouvez qu'ê-
tre heureufe. Ce ne fera pas
un mari, qui, abufant de fon
autorité, exigera de vous ce
que vous ne ferez pas en
droit de lui refufer ; mais
un amant foumis, qui, crai-
gnant de perdre votre cœur,
fera toujours occupé du foin
de le mériter. Si cependant
(car les hommes font in-
conftans) fi, dis - je , il
venoit à changer, fix mille
livres de rente aideront à
vous confoler, & pour lors
conferyant votre goût pour

l'hymen, vous pouvez pour l'acquit de votre confcience époufer quelqu'un qui vous plaira, & à qui vous ferez part de votre petite fortune. Croyez-moi, ma chere enfant, réfléchiffez fur votre état ; faites attention aux confeils que mon amitié vous donne ; & s'il vous refte encore quelque fcrupule, venez me voir, je me flatte de les lever.

LETTRE VI.

*Au Baron de ***.*

EN amour comme en guerre vous êtes un Héros, & l'on publie partout vos exploits. La Comtesse de * * * veut absolument les célébrer, elle s'est apperçue que vous la regardiez avec plaisir ; pleine de bonté elle a bien voulu lire dans vos yeux : vous souhaitez vous trouver tête à tête avec elle , & loin de son vieux jaloux, lui faire l'aveu de vos feux, elle y confent. M'étant offerte de vous raffembler, je me fuis auffi chargé du foin de vous faire fçavoir le lieu du rendez-vous : ce fera à ma petite Maifon des Carrieres ; j'aurai foin que vous y trouviez un petit fouper galant. Un feul domeftique , qui ne vous connoît ni l'un ni l'autre prendra foin de tout. C'eft pour demain, la Comteffe s'y rendra à la chûte du jour ; vous êtes trop galant pour la faire attendre.

Vous seriez content de cet arrangement, mais je suis plus votre amie que vous ne pensez. La Comtesse, toute aimable qu'elle est, ne peut pas seule prendre le soin de vos plaisirs, je la connois : le premier instant chez elle est flateur, la plus tendre volupté y préside ; le second perd beaucoup, & l'indolence annonce le troisiéme. Sortis de table, il faut qu'elle se retire, vous ne pouvez la reconduire sans l'exposer. Que ferez-vous après son départ ? Plein de defirs, coucherez-vous à la petite Maifon tout feul ? Ce feroit vous jouer un vilain tour. Vous laiffer revenir à Paris, vous ne trouveriez pas aifément à paffer le refte de la nuit.

Admirez mon zéle pour vous ; je donnerai mes ordres, pour que vous ne reftiez pas long-tems feul. Une jeune perfonne viendra remplacer la Comteffe. Plus vive & plus fpirituelle, vous pousserez la converfation avec elle aufli loin qu'il vous plaira. J'irai le lendemain vous demander à déjeûner. Adieu : Que vous me devez de reconnoiſſance !

LETTRE VIII.

*Au Marquis de * * *.*

VOtre lettre eſt folle, & je n'ai pû la lire ſans éclater. Vous avez la femme du monde la plus aimable; mais ajoutez-vous rien de plus inſipide que ce qu'on obtient d'une épouſe, qui toujours eſt à cheval ſur ſon honneur ; la vôtre vous accorde tout avec une décence qui fait mal au cœur, ajoutez-vous ; & le moment le plus flateur eſt ſouvent pour elle un inſtant d'ennui. Vous continuez votre deſcription ſur un ton ſi plaiſant, qu'en vérité le plus grand ſens froid n'y tiendroit pas. J'en ris encore ; mais revenons à la priere que vous me faites. La Barone, dites-vous, a plus d'une fois répondu à vos propos galans, & vous

imaginez qu'elle vous ren-
droit heureux , fi elle étoit
inftruite du fentiment dé-
licat qui vous agite pour
elle : je veux bien me char-
ger du foin de l'en inftrui-
re ; mais ne craignez-vous
point le reffentiment de votre prude moitié ? Ces femmes raifonnables-là pren-
nent les careffes de leurs
maris avec indifférence ;
mais, croyez-moi, quoi-
qu'elles ne paroiffent pas
fenfibles, elles ne fouffrent
pas aifément le partage, &
font plus promptes que d'au-

tres à se venger : au reste, ce sont vos affaires. Vous n'êtes pas le seul que cette prétendue nonchalance révolte ; & je conviendrai avec vous qu'une personne, destinée par état au plaisir, a, dans certains momens mille fois plus de charmes que la femme vertueuse ; mais ce n'est point ici le moment d'analyser cette différence, je verrai la Barone, je ménagerai vos intérêts ; & si l'occasion se présente, je vous la ferai saisir.

LETTRE IX.

*A Mademoiselle de ***.*

IL est des usages dans le monde dont on ne peut s'écarter sans paroître ridicule. On doit se prêter à ce qu'exige l'état qu'on a embrassé. Vous êtes sur le théâtre, & vous jouez avec succès, les applaudissemens que le Public vous donne sont dûs à vos talens. On ne trouve en vous qu'un seul défaut, c'est que vous féduifez tout le monde, & que perfonne n'a encore trouvé la route de votre cœur. Croyez-vous conferver cette indifférence, ne vous en flatez pas; on vous livrera tant d'affauts, qu'après une réfiftance vaine, vous ferez forcée de vous rendre; je ne crains qu'une chofe, c'eft qu'un entêtement mal placé ne faffe tort à votre fortune. Le Duc de * * vous adore; il eft généreux, la certitude qu'il a de votre indifférence, irrite fon amour, profitez de la circonstance, ou formez de douces chaînes, ou quittez le théâtre : vous feriez vertueuse à pure perte, on n'en croiroit rien. Jusqu'à présent, on ne met personne sur votre compte, on vous rend justice, & vous passez pour n'être inquiéte que du choix ; au bout d'un tems on ne pensera pas de même, ne vous connoissant pas une inclination d'éclat, on vous en prêtera une qui vous déshonorera: craignez d'essuyer les brocards auxquels fut exposé il y a quelques

ques

ques années une Actrice, qui trop farouche se trouva par malheur un domestique grand & bien fait, pour qui elle avoit quelqu'attention; on le mit sur son compte, le Public se déchaîna contre elle. Enfin honteuse, elle fut obligée de se retirer. Adieu, faites attention aux conseils que mon amitié vous donne.

LETTRE X.

*Au Chevalier de * * *.*

MOn vieux & cher ami, j'ai reçu votre lettre avec un plaisir fensible : j'y ai reconnu un reste de ce ftyle flateur qui me rendit autrefois votre conquête. Notre tems se passe, le plaifir, j'en conviens, n'est plus fi souvent de la partie ; mais l'eftime & le sentiment trouvent toujours fa place. Vous me demandez comment je passe mon tems, le plus gracieu-sement du monde ; ma mai-son est le rendez-vous de tout ce qu'il y a d'aimable ; je fais des heureux ; les plai-sirs n'étant plus faits pour moi, je les vois naître avec complaisance pour les au-tres, leur bonheur m'oc-cupe : après vous avoir ren-du compte de ce qui char-me mes instans, je reviens à la façon dont vous passez les vôtres. La table & le jeu captivent tour à tour votre tems : ce sont, dites-vous,

deux plaisirs qui vous res-
tent ; la goutte cependant
les interrompt quelquefois,
je vous plains. Entre nous
toutefois vous l'avez bien
mérité. Qui jamais fût plus
coquet & plus volage que
vous ? J'ai tenté de vous
fixer ; mais zélé Partisan de
l'Amour , vous l'étiez encore plus de Bacchus. Par-
don ! je moralise mal-à-
propos : aimez-moi tou-
jours , votre souvenir m'est
cher ; vous devriez bien
quitter votre solitude , &
me venir voir ; je vous of-

fre ma maiſon ; & ſi dans ce moment la goutte vous laiſſe tranquille, vous pou-vez compter ſur quelque choſe de plus. Adieu, Che-valier, je vieillis, & ſuis toujours folle.

LETTRE XI.

*Au Comte de ***.*

VOus jouiſſez, dites-vous, d'une liberté parfaite, & votre cœur eſt dans un paiſible repos; vous préſumez cependant ne pas refter long-tems dans cet état, & vous fentez un fe- cret mouvement qui vous porte à faire un choix. Votre fituation eft criti- que, & il n'eft pas facile de vous donner des con- feils. Vous fouhaiteriez une Maîtreffe tendre, attachée, fenfible. Hélas ! en eft-il dans le fiécle où nous fom- mes; on aime rarement pour le plaifir d'aimer, vous ne pouvez cependant qu'op- ter, ou d'une perfonne dont vous prendrez foin, ou d'une femme de condition, qui par fantaisie ou par goût se livrera à vos transports : cette derniere vous prendra facilement, & vous quittera de même ; l'autre sensible à l'aisance que vous lui procurerez, feindra de l'amour, & avec art vous donnera, par complaisance, ce que vous croirez ne devoir qu'à sa tendresse. Le portrait que je vous fais de notre sexe n'est pas flateur ; mais il est fidele : en vous le peignant léger & inconstant, c'est vous le rendre tel qu'il est ; le vôtre ne gagneroit pas plus à l'examen. L'Amour est un enfant, il faut jouer avec lui : la constance est une vertu qui n'est plus à la mode : ne vous faites donc qu'un amusement ; & , comme l'Abeille , prenez de chaque fleur le suc , sans vous arrêter à aucune.

LETTRE

LETTRE XII.

*A Mademoiselle de * * *.*

ENfin, vous vous êtes rendue à mes conseils, & M. de **. a vaincu vos scrupules. Il est enchanté de son bonheur; & la bonne opinion qu'il a de lui-même l'empêche de faire attention que les six mille livres de rente qu'il vous a assurées, ont pû hâter votre défaite. Je suis sensible à vos remercimens, la description

E

des plaisirs qui sans cesse naissent sous vos pas, m'a beaucoup amusé ; je vous invite à en profiter , vous êtes dans l'âge heureux qui les permet tous. Usez - en cependant avec modéra- tion ; pour en jouir long- tems , il ne faut pas s'y livrer avec excès. Ménagez les faveurs que vous accor- derez à votre amant, laif- sez-lui toujours des desirs , trop de complaisance vous perdroit , l'amour satisfait s'endort. Je n'abuserai point de la confidence que vous me faites, soyez prudente & je vous servirai ; mais comme la chose est délicate , laissez-m'en tout le soin, surtout point d'impatience, il faut que l'utile passe avant l'agréable.

LETTRE XIII.

Au Vicomte de ＊ ＊ ＊.

J'Apprends avec chagrin que vous êtes malade ; je ne m'informe pas de ce qui a occasionné vos maux, je le sçai, & si vous eussiez fuivi mes confeils , vous jouiriez d'une fanté parfaite. Vous vous êtes trop livré aux bouillantes ardeurs de la Marquife : à votre âge on eft plein de feux , on fuit inconfidérement les mouvemens impétueux que le defir infpire ; mais il eft dangereux de s'y abandonner tout-à-fait. Une perfonne qui aime fincérement, ménage l'objet de fes plaifirs. La Marquife infatiable dans les fiens, n'a cherché qu'à fe fatisfaire ; vous en êtes la victime, peut-être un autre en ce moment courre comme vous à fa perte : croyez-moi, foyez dorénavant plus œconome, & ne prodiguez pas mal-à-propos le revenu de votre fanté ; confolez-vous cependant , quelques jours de repos vous rendront à vous-même ; Mais fongez qu'il eft beau de vivre.

LETTRE XIV.

*Au Chevalier de ***.*

QUoi, mon cher, vous êtes décidé à faire le voyage ; & vous voulez, dites-vous, éprouver enco-re une fois le plaisir de vous trouver tête à tête avec moi. Le tems ne peut rien (je le vois) sur un cœur né galant. Je vous of-frois, dans ma derniere, ma maison , & quoique ce fût sincérement, je ne m'atten-

dois pas à être prise au mot.
Votre résolution me flate
& m'allarme tout à la fois.
Je me fais d'avance un plaisir sensible de vous embras-
ser; mais je crains pour vous
les fatigues de la route.

Partez cependant, mé-
nagez-vous, je vous at-
tends. Je mettrai tous mes
soins à vous amuser pen-
dant le séjour que vous ferez chez moi. Il me passe
au moment où je vous écris
mille folies par la tête, vous
les faites naître. Que j'ai de
choses à vous dire ! nos

conversations ne languiront sûrement pas : qui sçait où elles nous conduiront? Ayez la goutte en arrivant, j'aime mieux souffrir avec vous, qu'être exposée à vos galanteries : oui, je l'avoue, je vous redoute, vous seriez capable de me faire faire une folie. A soixante ans, la chose seroit plaisante ; encore un coup, cela pourroit arriver; & si vous me secondiez, cela iroit loin. Adieu, j'en courerai les risques avec plaisir. Marquez-moi le jour de votre arrivée.

LETTRE XV.

*A Mademoiselle de * * *.*

JE prends part à la perte que vous venez de faire, je voudrois pouvoir me dispenser de vous dire que c'est votre faute ; mais ma franchise l'emporte. Le Comte vous aimoit, & par malheur pour vous il n'a que trop sçû vous plaire, vous lui avez montré trop de sensibilité ; c'est une faute impardonnable dans ce

siécle pervers. Les hommes
que par trop de bontés nous
avons rendus nos tyrans,
ont besoin qu'on les méne
haut à la main. La douceur
passe chez eux pour imbé-
cillité, trop d'amour pour
foiblesse , & ils ont l'injustice d'exiger de nous une
fermeté qu'eux-mêmes n'é-
prouvent pas. Que cet exem-
ple vous serve ; maitrisez
vos sens ; profitez de l'em-
pire que vous offre vos
charmes ; ne vous piquez
pas de constance ; soyez
chérie, n'aimez personne,

surtout gardez-vous d'un attachement, c'est l'écueil de toutes les femmes de votre état; ne courez point après le Comte, affectez d'être insensible à sa perte, par vanité il reviendra à vous. Alors, punissez-le de sa légéreté, qu'il éprouve des caprices, laissez-le souhaiter, & ne lui accordez qu'autant qu'il faudra pour ne le pas révolter. Voilà le grand art de nous soustraire à l'injustice des hommes. De nos maîtres, ils deviennent nos esclaves; & tout bien examiné, ils ne font aimables qu'autant qu'ils font fou-mis.

LETTRE XVI.

A Mademoiselle de ***.

VOus me preffez en vain de vous rendre fervice ; vous êtes l'inftru-ment de vos maux ; vo-tre coufin prétendu caufe votre perte , & je ne puis m'imaginer qu'on puiffe ai-mer quelqu'un qu'on eft forcé de méfeftimer : mais , que dis-je, aimer ! non, vous n'avez pour lui aucun sentiment flateur, il sert à vos plaisirs, c'est un domestique à vos gages ; vous avez tout sacrifié pour vous satisfaire, plus d'une fois je vous ai raccommodé avec la fortune, vous l'avez méprisée : il est un tems pour tout, malheur à qui n'en saisit pas l'instant favorable : on gagne quelquefois à être connue, vous perdez beaucoup à l'être. Votre légéreté, votre goût sans choix pour le plaisir,

vos caprices , tout a contribué aux malheurs que
vous éprouvez : dans vôtre
état , il n'eſt que deux claſ-
ſes ; la premiere , procure
un ſort heureux; la ſeconde,
une infamie que la miſére
accompagne. La décence,
une·conduite honnête , un
caractere doux & complai-
ſant, rangent dans la premiere ; le libertinage entraîne dans la ſeconde. Le
Marquis vous a décriée partout ; le tour ſanglant que
vous avez joué au Comte ,
vous a rendue mépriſable;

renoncez , croyez - moi à l'espoir de faire une con-quête éclatante , vous en avez fait plus d'une ; mais tout est dit. Suivez le der-nier conseil que mon amitié vous donne, faites argent du peu qui vous reste , re-tirez-vous à Lyon , c'est une Ville riche & opulente ; le Négociant achette au poids de l'or les plaisirs. Vous aurez là les graces de la nouveauté, & vous gou-vernant avec sagesse , peut-être vous raccommoderez-vous avec la fortune ; mais

croyez-moi , là comme ailleurs , on n'aime pas les
cousins.

LETTRE XVII.

*A Monsieur de ***.*

QU'ai-je appris , mon
cher , avez-vous pû
vous oublier à ce point !
Mettre la main sur une personne que vous aimez !
Quoi un simple soupçon
vous porte à une extrémité
qu'on pardonne tout au plus
à la vile populace. Votre
Maîtresse

Maîtreſſe eſt au déſeſpoir, & ne veut rien entendre : je l'ai trouvé hier occupée à raſſembler tout ce qu'elle tient de vous, portrait, bi- joux , elle ne veut rien garder : cependant je ſuis votre ami , & je veux bien vous faire part de ce que je penſe : A travers ſa fureur & ſon dépit, quelques mots échappés me ſont garans que vous lui êtes cher. Ecri- vez-lui, elle eſt l'outragée, c'eſt à vous à demander gra- ce, je ne puis trop vous y engager ; vous perderiez beaucoup : Julie est jeune, aimable, a de son sexe tout le flateur, sans en avoir les défauts. Telle Maîtresse est rare, d'ailleurs elle vous est fidelle ; que pouvez-vous souhaiter de plus ? Vous êtes plus heureux que vous ne méritez ; car par fois.... vous m'entendez. Au reste, cela ne me surprend pas ; vous avez, vous autres hommes, l'injustice d'exiger de nous, une vertu que vous n'avez pas.

LETTRE XVIII.

*Au Chevalier de ***.*

L'Aveu que j'ai fait de votre part à la Marquise, a été bien reçu ; mais je ne reviens pas de sa surprise. Quoi ! le Chevalier amoureux de moi, s'est-elle écriée. Ah ! sa conquête me flate, & je vais le raccommoder avec le beau sexe, qu'il a jusqu'ici méprisé. Quel reproche ! avez-vous pû vous y expofer :

Croyez-moi, mon cher, la nature prudente & sage, en se chargeant du soin de nos plaisirs, en a fait une distribution bien entendue, dont on ne doit point s'écarter : le sexe aimable mérite tout votre encens ; vouloir le porter ailleurs, c'est l'outrager. Aimez la Marquise ; oubliez dans ses bras le tems que vous avez passé dans l'erreur ; elle peut rétablir votre réputation. Les belles flatées de votre retour, s'empresseront à en juger par elles-mêmes. Que de mo-

mens délicieux votre con-
version vous apprête ; profitez - en , mais avec prudence. Le serpent se cache
quelquefois sous les fleurs.

LETTRE XIX.

*Au Comte de ****.*

REvenu de la baga-
telle vous cherchez ,
dites-vous , à former un attachement ; mais vous voulez que le sentiment seul
l'accompagne ; cet amour
désintéressé, détaché de tou-

te matiere, ne se trouve plus que dans nos Romans, & n'a même jamais existé que dans l'imagination de ceux qui les ont fabriqués. L'Amour est un enfant qui meurt dès le berceau, s'il n'est nourri par le plaisir. Si cependant l'âge a chez vous de bonne heure amorti le desir, en ce cas, mon cher, ce n'est point une Maîtresse qu'il vous faut, mais une amie, une compagne : je n'ai sous mes loix qu'une jeunesse brillante, que le feu de la volupté

guide ; vous n'avez pas be-
foin de mes confeils pour
le choix que vous voulez
faire, ce n'eft point dans un
Temple confacré à Vénus
qu'il faut chercher la fa-
geffe; adreffez-vous à l'Hymen , ce Dieu débonnaire
& bénin fera votre affaire.

LETTRE XX.

*A Mademoifelle de ***.*

JE plains votre attache-
ment pour le Chevalier.
Comment une jolie femme

peut-elle penſer comme il
faut ſur le compte d'un
homme , que notre ſexe
doit déteſter. Ignorez-vous
qu'il eſt Auteur d'un Traité
qui paroît , & qui tend à
démontrer que les femmes
n'ont point d'ames. Nous
ne ſommes, ſelon lui , que
de petites machines , plus
ou moins parfaites , deſti-
nées aux plaiſirs de ces
hommes , qui , tout bien
conſidéré , ſont extrême-
ment mépriſables , malgré
l'eſſence parfaite dont mal-
à-propos ils ſont trophée.

En

En effet, nous n'avons de défauts que ceux qu'ils nous donnent, nos travers font les leurs ; ils encenfent nos caprices , & ne ceffent de ramper qu'au moment où par foibleffe ; nous leur abandonnons des droits qu'ils devroient refpecter , & qui cependant les rendent prefque toujours ingrats & parjures. Ne feroit-il pas plus raifonnable de croire que ce font eux qui n'en ont pas, eux qu'on voit fans ceffe manquer à ce qu'on appelle fentiment,

& qui n'eft autre chofe que cette ame , dont injuſtement ils veulent nous priver ? mais cette difcuſſion nous meneroit trop loin. J'en reviens à ma premiere propoſition , votre goût pour lui vous déhonore, il fait trophée de votre défaite, vous n'êtes que fa derniere conquête , & vos chaînes commencent à lùi pefer ; s'il vous rend encore quelques foins, c'eft qu'il craint de vous défefpérer ; il fouhaite enfin qu'un autre puiffe vous

plaire & le tirer d'esclavage,
Ces propos ne marquent
que trop combien il est in-
digne de vous. Ouvrez les
yeux, je suis outrée contre
ce faquin, n'attendez pas
qu'il vous quitte, rompez
avec lui la premiere, que
ce soit même avec éclat,
toutes les femmes vous
sçauront un gré infini. A-
dieu, j'ai en main de quoi
vous dédommager bien a-
gréablement.

LETTRE XXI.

A Mademoiselle de ＊＊＊.

J'Apprends que Monſieur de ＊＊ veut vous donner la main, cela ne me ſurprend pas ; mais que vous y conſentiez, voilà ce qui m'étonne. Ma Lettre commence par le refrain d'une Chanſon, que cela cependant ne diminue rien de l'attention que je vous invite pour vous-même à donner aux conſeils que mon amitié vous trace. Si l'Hymen offre mille défa-grémens à deux cœurs que l'état, l'intérêt & la raiſon uniſſent : à plus forte raiſon en doit-il apprêter, lorſque l'un des deux partis apporte à l'autre des raiſons de troubler la tranquillité de cette union, qui rarement en entraîne beaucoup après elle. Epris de vos charmes, la crainte d'en perdre la jouiſſance, l'invite à prononcer ce oui fatal, qui preſque toujours eſt ſuivi du dégoût. Avec plaifir il vous conduira à l'Hôtel, il y jurera de vous aimer toujours, il le fera même de bonne foi. Mais bien-tôt des parens, des amis, le Public même, le forceront de changer de sentimens : on lui fera un crime d'avoir époufé une fille du monde ; c'eft ainfi vous le fçavez qu'on nomme celles que la fortune a placées par état dans votre claffe : il rougira de fa foibleffe, & cruellement vous rendra refponfable d'un travers que lui-même fe fera donné. Les soupçons jaloux suivront de près, vos actions quoiqu'innocentes, paroîtront coupables à ses yeux: enfin d'une situation que vous aurez envisagé comme heureuse; le sort rigoureux ne vous fera qu'un supplice.

Vous me direz qu'un homme devroit être flaté de fixer un cœur naturellement leger, que d'une fille destinée au plaisir, en faire une honnête femme, c'est quelque chose de bien plus flateur, que d'une fille vertueufe en faire, comme il arrive fouvent, une femme galante & coquette. J'en conviens avec vous, mais par un privilege auffi fou que puérile, on plaint l'un & l'on méprife fouveraine- ment l'autre. En un mot, ma chere, vous jouiffez d'une liberté dont vous ne devez pas vous défaire. Dépendre des caprices d'un homme qui peut à chaque inftant vous faire un re- proche d'avoir parue ai- mable à d'autres qu'à lui, qui fouvent l'ont beaucoup mieux mérité : voilà ce que je ne vous conseillerai jamais, & ce que vous-même vous devez vous dire. Un long usage du monde m'autorise à vous donner cet avis, mon attachement pour vous m'y invite, faites-en tel usage qu'il vous plaira, je vous annonce la vérité ; pour votre repos daignez la suivre.

LETTRE XXII.

*A Mademoiselle de ***.*

VOus vous plaignez beaucoup de la vie unie & tranquille que vous fait mener le Chevalier : je vous l'avoue, cela ne prévient pas en votre faveur. Si vous penſiez, comme il faut, vous enviſageriez votre état avec plaiſir ; en effet en eſt-il un plus heureux ! Aimé de l'homme du monde le plus aimable, dont la richeſſe ne nous laiſſe rien à deſirer, pouvez-vous ſans injuſtice vous plaindre du ſort ? votre ſituation eſt digne d'envie. Ah, je vois ce qui vous révolte, vous n'oſez vous livrer à ce penchant honteux qui vous porte d'un objet à l'autre; vous êtes née coquette: je me ſers de ce terme pour en maſquer un plus dur.

La décence qu'exige les bonnes façons qu'a pour vous votre Amant, eſt un frain que vous rongez avec dépit. Que vous êtes injufte ! Qu'avez-vous fait de plus que mille autres de vo-tre état, qui, pourvûes d'au-tant de charmes , auſſi jeu-nes , & dont la douceur , l'eſprit & les graces n'en cédent rien aux vôtres , ménent une vie tumultueu-fe , que l'aiſance & la mi-fére accompagnent tour à tour. Dans la carriere que vous fait fuivre le fort, tout paroît flateur tant que le brillant de la jeuneſſe eſt de la partie ; mais fi par une bonne conduite on n'a pas mis à profit ces inſtans ,

où tout semble rire, une
misére affreuse annonce le
retour de l'âge, & la vieil-
lesse devient un fardeau,
dont la pauvreté augmente
le poids. La vérité blesse
quelquefois, mon zéle pour
vous l'emporte sur cette ré-
fléxion. Adieu,

LETTRE XXIII.

A Mademoiselle de St. C.

JE ne reviens pas de la
nouvelle que l'on publie
sur votre compte. On dit

dans le monde , que renon-
çant à tous les avantages
qu'offre une figure aima-
ble , vous avez quitté un
quartier vivant, & où l'on
ne respire que la joie & la
gayeté pour vous séquestrer
dans un Fauxbourg hideux,
où vous habitez un triste
galetas , avec un Poëte.
Quel travers ! Quoi ! faites
pour le plaisir, dont vous
connoissez si bien le prix,
y renoncer. Pour qui ? pour
un malheureux , éléve du
Parnasse. Oüi ; je dis malheureux ; car on le dit,

gueux comme un Peintre. Son grenier, avant que vous y fissiez transporter vos meubles, n'étoit (selon la chronique scandaleuse) tapissé que de mauvais Sonnets. On ajoute que vous mangez avec lui le peu que vous avez , en attendant qu'il donne au Public une Tragédie qu'il a commencé depuis long-tems, qu'il fait toujours & ne finira jamais, & qui a pour titre le *Déluge*; le beau sujet! Vous pourriezbien tous deux faire partie des acteurs, en vous joignant à ceux qui se noyent. En vérité, je gémis de votre folie, en est-il une plus pommée ? Quand vous n'aurez plus rien, trouverez-vous sur le premier acte de cette Tragédie extravagante, quelqu'un qui vous prête de l'argent. Ceux qui fournissent aux besoins de la vie, prendront-ils pour valeur une Elégie, un Madrigal, une Chanson ? quand enfin il faudra vous habiller, votre Marchand se payera-t-il avec un Rondeau ? Ma foi, la tête vous tourne ;

tourne ; votre Amant vous a fait part de sa façon de penser ; & à la bien récompenser , il faudroit vous donner à tous deux les Petites-Maisons. O Ciel ! Est-il possible que ce soit là le fruit des soins que je me suis donné pour vous !

LETTRE XXIV.

*Au Marquis de * * *.*

Ites-moi, Marquis, ce qui peut occasionner ce goût qui dégénére en fureur, & qu'on voit à tous nos gens de qualité, pour les filles de théâtre ? qu'ont-elles plus que d'autres, sinon une effronterie démesurée, qui les fait fort souvent passer des bras du valet, dans ceux du Maître ? C'est une manie que je n'entends pas , & qui ne trouve sa source que dans la corruption de notre siécle. Marquez - moi vos sentimens là-dessus, je m'y tiendrai. Tandis que tous les autres font des folies inexcusables, jouissez, Philoso-

phe sensé, de tous les plaisirs décents que la raison
vous offre ; dans votre aimable solitude, vous voyez
chaque jour une compagne
charmante , que votre a-
mour, vos bonnes façons
retiennent dans vos bras.
Vous n'êtes liés l'un à l'autre que par goût & par sentiment, vous n'aimez qu'elle, vous êtes son univers ;
vous payâtes autrefois les
prémices de son cœur, de
votre liberté : satisfaite de
sa victoire, elle n'en am-
bitionne point d'autre, n'en

abuſe pas , & ne veut de
droits ſur vous que ceux
que ſa tendreſſe vous arra-
che. Vivez , heureux mor-
tels , la Parque doit reſpec-
ter de ſi beaux jours.

LETTRE XXV.

*A Mademoiſelle S***.*

J'Ai découvert qui eſt le
Cavalier qui vous a paru
Charmant au Bal dernier.
A ſon air , nous l'avons pris
vous & moi , pour quelque
choſe ; nous nous ſommes

trompés, ma fille. Ce dehors fastueux, ce port noble renferment une ame basse ; ce n'est enfin qu'un Chevalier d'industrie, un joueur qu'on voit dans la même année éclabousser d'honnêtes gens, à qui, quelques mois après, (faute de pain) il demanderoit volontiers la charité. C'est cependant l'homme le plus aimable, & dans les instans où la Fortune aveugle lui rit, le plus dangereux ; rien ne lui coûte, il est généreux au-delà de l'expression.

Mais en apparence doué de toutes les vertus dans ces momens heureux. L'inftant où il éprouve la mifére lui rend tous les vices. Qu'on doit être difficile fur le choix d'un ami dans un fiécle où le luxe confond tous les états. On méprife fouvent un galant homme dont la modeftie cache tous les avantages que la vertu & l'opulence uniffent ; tandis qu'on honore lâchement un faquin, qui n'a de mérite que celui d'être bien vêtu. Evitez l'un , ma chere enfant, tâchez de trouver l'autre, je vous le souhaite. Adieu.

LETTRE XXVI.

A Mademoiselle de ***.

ON dit que vous avez fixé M. de ***, & que vous êtes avec lui la plus heureuse des femmes. J'en ai toujours entendu parler comme d'un galant homme, & qui n'a de défauts que ceux que sa distraction lui donne ; mais

comme par fois ſes abſences vont loin , comment pouvez-vous y tenir ? On m'a raconté de lui un trait impayable : on dit qu'ayant changé de demeure , & s'étant repoſé du ſoin d'y faire conduire ſes meubles par un domeſtique affidé , il paſſe toute la journée dans ſon ancien quartier : cependant ſur le ſoir , voulant rentrer chez lui , il en prend le chemin ; mais la Place-Royale eſt grande ; il ſe reſſouvient fort bien , qu'u-
ne

ne des maisons qui l'en-
toure est la sienne ; mais
malheureusement il ignore
laquelle; vainement il a déja
demandé à plusieurs Por-
tiers où il demeure ; on n'a
pas pû le lui enseigner. Enfin, après bien des recherches il croit avoir trouvé ;
& d'un air aisé entre ; il
va pour monter l'escalier,
lorsqu'un Suisse à mousta-
ches retroussées lui demande d'un ton roque : où al-
lez-vous ? Chez moi, ré-
pondit-il : Vous ne logez
pas ici, lui réplique-t-on :

I

Alors il entre en fureur, & l'épée à la main veut forcer le Garde-Porte à lui trouver son gîte. Le Suisse crie ; les voisins accourent : la populace amassée attire la Garde. Enfin, on est sur le point de conduire chez un Commissaire ce Perturbateur du repos public, lorsque son domestique, passe par hasard, reconnoît son Maître, & finit la scène.

Qu'en pensez-vous? n'est-il pas du dernier plaisant ? celui dont on m'a fait part en dernier lieu ne l'est pas moins. Il entre il y a quelques jours dans la maison d'un de ses amis ; il se trouve dans la salle où on l'introduit, deux Dames, qui, à son abord, se levent. Préoccupé d'autre chose votre Amant tire le fauteuil d'une, se met dedans, & s'abandonnant à ses réflexions, s'imagine être seul. Les Dames qui le connoissent, gardent le silence ; & attendent la fin de sa distraction. Enfin, au bout d'une demi-heure, il ouvre de grands yeux ; se leve,

& s'écrie : Ah ! vous voilà, Mesdames : comment vous portez-vous ? on ne répond que par des éclats de rire, il prend bien la plaisante- rie, demande excuse ; on s'imagine qu'il va se mêler de la conversation : non, il disparoît sans rien dire.

Si vous ne faites qu'un même lit, il vous arrive souvent, ma chere, de le voir se lever, sans s'être apperçu que vous avez paf- sé la nuit à côté de lui. Au reste, ces distractions ne font qu'amusantes , &

fans doute il fçait les réparer. Il a beaucoup d'ef-
prit, & dédommage, dit-
on, par un quart-d'heure
d'entretien, une heure de
filence. Je vous invite à
contribuer à fon bonheur ;
il eft généreux, ajoute-t-on,
& travaille au vôtre : vous
me permetterez cependant
de rire de fes écarts, tout
l'Univers ne pourroit m'en
empêcher ; vous-même je
fuis fûr en faites autant.

F I N.